Lars Joppich

Wer isst die Kuh? 2

Für Fragen und Anregungen:
post@genuss-stuss.de

1. Auflage 2023

www.genuss-stuss.de

Originalausgabe

Hiermit wird ausdrücklich darauf hingewiesen, dass alle im Text enthaltenen Namen, Orte und Geschehnisse rein fiktiv sind. Etwaige Zusammenhänge zu reellen Personen oder Geschehnissen sind rein zufällig und unbeabsichtigt.

„Ein Leben ohne Mops ist möglich, aber sinnlos." – Loriot

Inhaltsverzeichnis

Kapitel 1

Der Seemann fuhr sich mit seiner alten runzligen Hand durch den langen grauen Bart und seufzte.

„Verfl-hicks-t nochmal“, entfleuchte es seiner trockenen Kehle. Seit Wochen waren er und seine Crew nun schon auf hoher See und inzwischen hatte er seine gesamten Vorräte an Essrum aufgebraucht. Ein paar Tage würde sein üppiger Bauch noch durchhalten, dann wäre es zu Ende mit ihm. Der Hunger würde langsam aber sicher anfangen erst seine Matrosen und dann ihn selbst aufzufressen. Er wusste, dass er dringend seine Reise beenden und wieder an Land gehen musste, wollte aber so wenig Zeit wie möglich mit unnötigen Dingen verschwenden.

Es war inzwischen über ein Jahr vergangen, seit die Kuh Emma spurlos aus den Reihen der individualistischen Individuen verschwunden war und sie somit all ihren neuen Freunden den Rücken zugekehrt hatte. Während die Pottgonen Emmas verschwinden nicht einmal mitbekamen, machten sich die intelligenteren Persönlichkeiten der Runde große Gedanken. Zu wichtig und geheim waren die Informationen, die Emma von dieser geheimen Superheldentruppe hatte. Niemand anderes durfte davon Wind bekommen und über ihre Existenz Bescheid wissen. Doch was hatte die Kuh vor? Wurde sie vielleicht Opfer einer Entführung? Ist sie freiwillig abgehauen? Oder wurde sie, wider Erwarten, nun doch noch geschlachtet? Keiner hatte auch nur den Hauch einer Ahnung. Kurz nach Emmas Verschwinden stellte Rosetta, die Anführerin der individualistischen Individuen, Suchtrupps zusammen, die bis heute noch auf ihrer Mission waren, um Emma zu finden und in den überdimensionierten Palast, das Hauptquartier, zurück zu bringen. Einen dieser Suchtrupps leitete der Seemann. Ursprünglich wollte Rosetta den Seemann niemals zu einer Führungsperson befördern, musste aber aufgrund der Umstände improvisieren. Außerdem konnte er mit seinem großen Schiff, der „Almost Heaven", das war ihr Name, punkten und war dadurch wesentlich flexibler als der Rest der Truppe, von denen niemand, außer dem Biber Tom, eine Möglichkeit zur Fortbewegung hatte.

Zum ersten Suchtrupp, der sich selbst die „Waschbärenbande" nannte, unter der Leitung des Seemanns, gehörte neben dem Frosch Dimitri und Enrico, dem Bauleiter, die lange verschollen geglaubte Frau des Seemanns, Brunhilde. Anders als ihr Gatte waren Brunhildes Haare nicht ergraut und auch ihre Haut ließ nicht gerade auf ein hohes Alter schließen. Sie wirkte eher wie eine junge Dame, die gerade einmal auf die 30 zuging. Sie hatte einen traumhaft wohlgeformten Körper mit nahezu perfekten Rundungen. Ihre kastanienbraunen Haare trug sie stets offen, sodass sie im Wind wehten und jedem Passagier des Schiffs den Verstand raubten. Der Seemann hatte sie vor einigen Tagen in seinem endlosen Labyrinth unter Deck wiedergefunden, als er nach seiner Essrum-Notreserve suchte. Da die Zeit im Bauch des Schiffes erheblich langsamer verging als auf dem Deck, entstand ein doch inzwischen stark feststellbarer Altersunterschied zwischen den Eheleuten. Ein Problem stellte dies aber nicht dar, schon gar nicht für den Seemann. Er musste immer grinsen, wenn er seine Frau bat doch unter Deck zu bleiben, weil es an der frischen Luft zu gefährlich für sie sei. Der Frauenversteher und extrem gutaussehende Bauleiter Enrico hatte den Plan des Seemanns natürlich schnell durchschaut und hielt sich selbst auch des Öfteren unter Deck auf.

Seit sechs Wochen segelte die Waschbärenbande nun auf hoher See über den Ozean. Diese Segelmission war eine von vielen, die der Seemann mit seinem Trupp auf der langen und schwierigen Suche nach der Kuh Emma gestartet hatte. Bislang waren alle Versuche die Kuh zu finden vergebens, doch dieser Segelausflug sollte schon bald eine interessante Wendung nehmen.

An diesem Tag war die See rau und der ganze Himmel von pechschwarzen Wolken verhangen.

„Ein Unwetter zieht auf!", rief der Seemann mahnend vom Steuer aus seiner Crew zu. „Alle Mann an Deck, macht die Schotten dicht, holt die Segel ein!"

Dimitri kletterte aus dem Krähennest und versuchte einen klaren Verstand zu behalten und die Befehle seines Kapitäns zu befolgen. Enrico holte die Segel ein, während Brunhilde sich in den Armen ihres Mannes in Sicherheit wiegte. Ihre brünette Haarpracht wehte hollywoodreif im salzigen Seewind. Gerade als das Nötigste an Vorbereitungen getroffen war, fing es in Strömen zu regnen an. Innerhalb weniger Sekunden waren die Klamotten der gesamten Crew bis auf die Knochen durchnässt und machen das Bewegen schwer. Lediglich Dimitri hatte seinen Spaß an dem ganzen Wasser. Da er keine Kleidung trug und sich von Natur aus mit Wasser auskannte, machte ihm der ganze Sturm bis jetzt noch nicht so viele Sorgen, wie den anderen Mitgliedern.

Der Wellengang nahm stark zu und die Almost Heaven schwankte über die See. Aus jeder Ecke hörte man es scheppern und krachen, sogar aus dem Himmel. Der Regensturm hatte sich zu einem erstklassigen Gewitter entwickelt. Blitze huschten über den rabenschwarzen Himmel während grollender Donner das Reden unmöglich machte. Metergroße Wellen fegten alles von Deck, was nicht extrem gut gesichert war. Zwar hatte der Seemann schon etliche solcher Stürme in seinem Leben überstanden, doch sagte ihm sein Bauchgefühl, dass es dieses Mal anders kommen würde. Inzwischen musste Brunhilde ihm helfen das Steuer festzuhalten, damit sie nicht von ihrem Kurs abkommen und das Schiff sich wahllos von den Wellen herumschubsen lassen würde. Dimitri kämpfte bei jeder Welle aufs Neue ums Gleichgewicht, um nicht vom Schiff in die offene See und damit in den sicheren Tod gespült zu werden. Enrico hielt sich mit seinen starken Muskeln und seinem extrem durchtrainierten Bizeps an einem Mast fest. Unter Deck zu bleiben wäre für die Waschbärenbande ja auch zu einfach gewesen.

Der Sturm wurde immer schlimmer und der Seemann wusste langsam wirklich keinen Ausweg mehr. War es als Kapitän nicht auch eine seiner wichtigsten Pflichten, stets die Crew zu schützen? Gerade als er der ganzen Mannschaft befehlen wollte sich unter Deck in Sicherheit zu bringen, krachte ein Blitz mit voller Wucht aus dem Himmel und riss ein riesiges Loch in die Seite des Schiffs. Geblendet von der Helligkeit des Blitzes konnte Enrico viel zu spät feststellen, dass seine Knöchel bereits unter Wasser standen. Die Almost Heaven begann zu sinken.

Kapitel 2

Der zweite Suchtrupp wurde von Tom, dem taxifahrenden Biber angeführt. Tom hatte lange mit seiner Taxigesellschaft telefoniert aber schließlich doch das OK dafür bekommen, den Dienstwagen auch für private Zwecke nutzen zu dürfen. Natürlich unter der Voraussetzung, dass er dies auch dem Finanzamt mitteilen würde. Begleitet wurde er von Mark, dem Wissenschaftler und Reginald, dem Bleistift, der gleichzeitig auch die rechte Hand von Rosetta war. Rosetta selbst hingegen, blieb in ihrem Palast und hatte diesen zu einer Einsatzzentrale umgebaut, sodass sie ihre Suchtrupps von der Ferne aus unterstützen konnte.

„Wir nähern uns dem Haus.“, gab Tom durch sein Funkgerät an Rosetta weiter, während er sein Taxi parkte. „Von hier aus geht es zu Fuß für uns weiter.“ Auf der Suche nach der Kuh Emma war Toms Suchtrupp auf einen Hinweis gestoßen, der ihn und seine beiden Begleiter in einen tiefen Wald geführt hatten. Nach mehreren Stunden Fahrtzeit trafen sie auf einer Lichtung mit einem alten Holzhaus ein. Das Haus schien nur aus einem einzigen großen Zimmer zu bestehen und sah in die Jahre gekommen aus.

„Einsatzzentrale bestätigt Status.", rauschte Rosetta durch das Funkgerät von ihrem Palast aus.

„Ok, wir gehen rein. Over.", entgegnete Tom.

„Ok, over.", bestätigte Rosetta.

„Over and out.", wiederholte Tom.

„Over Over."

„Over Over Over."

Mark schlug sich die Hand vor die Stirn. Niemand wusste genau wer von den beiden mehr Spaß an dieser Form der Kommunikation hatte. Die Charaktere oder doch der Autor?

Tom drehte lässig das Funkgerät aus und schnallte es sich an den Gürtel. Mit gezogener Pistole ging er langsam und geduckt in Richtung des Hauses und deutete Mark und Reginald an es ihm gleich zu tun. Der Suchtrupp des Biebers schlich um das Haus herum und spähte durch eines der Fenster. In dem Haus war es sehr dunkel, sodass man kaum etwas erkennen konnte. Etwas Lebendiges schien sich jedoch nicht darin zu befinden.

„Los Mark, knack das.", flüsterte Tom Mark zu und deutete auf das Schloss der Haustür.

„Gib mir einen Moment.", bestätigte der Wissenschaftler und machte sich an der Tür zu schaffen. Aus der Tasche seines Arztkittels zog er ein Skalpell und versuchte das Schloss auf diese Weise zu knacken.

„Hilf mir mal damit Reggi.", flüsterte er dem Bleistift zu.

Reginald näherte sich dem Schloss und drückte seinen Kopf neben das Skalpell in das Schlüsselloch: „So vielleicht?“

Der Bolzen des Schlosses rastete ein und die Tür schien auf. Inzwischen hatte sich Tom mit seiner Waffe hinter den beiden postiert, um das Haus zu stürmen. Die drei Gefährten nickten sich einander zu. Der Bieber sprang in die Luft und drehte sich einmal um die eigene Achse, während er im Schwung mit seinem Schwanz gegen die Tür schlug. Diese flog schlagartig auf, brach aus den Angeln und lag schließlich auf dem Boden, neben der nun auch Tom nach seinem Sprung gelandet war.

„Keine Bewegung!“, rief er, während er mit der Pistole wie wild durch den Raum zielte. „Scheint keiner hier zu sein.“, stellte er jedoch schnell fest. Das Haus bestand aus einem einzigen großen Raum, der liebevoll eingerichtet war. In der einen Ecke befand sich ein Ofen, neben dem ein altes Holzbett stand. Eine kleine Kochnische und eine gemütliche Essecke machten die Inneneinrichtung vollständig.

Mark und Reginald begaben sich in das Haus und begannen nach neuen Hinweisen zu suchen, die auf das Verschwinden der Kuh Emma hindeuten würden.

„Sieh sich das mal einer an.“, murmelte Mark vor sich hin. Sämtliche Möbel und alle Fensterbänke waren von einer dicken Staubschicht eingedeckt worden. „Hier war schon lange niemand mehr.“, fügte er hinzu.

„Das kann doch nicht sein.“, begann Reginald. „Wir haben den ganzen Wald abgesucht und nur dieses Haus hier gefunden. Irgendeinen Hinweis muss es hier also geben.“ Gerade als sie ihre Suche aufgeben wollten viel dem Bieber eine Ungleichheit im Holzboden auf.

„Schaut mal hier! Alle Bretter sind an jedem Ende mit zwei Nägeln fest gemacht. Das hier hat nur an einer Seite welche.“, rief er den anderen beiden zu. Er riss das Brett an der losen Stelle nach oben und zog daran, bis sich die restlichen Nägel gelöst hatten. Mit einem einfachen „Ehm, das brauche ich später noch.“, steckte sich der Bieber das Brett unter den Arm, um es mitzunehmen. Er würde demnächst bestimmt mal wieder einen Damm bauen.

Der Suchtrupp versammelte sich um das neu entstandene Loch im Boden und schaute hinein. Unter dem Brett hatte sich tatsächlich eine kleine Aussparung befunden, in der eine kleine Box versteckt war. Mark holt den Fund aus dem Loch und schaute ihn sich näher an. Die Box entpuppte sich als eine kleine Schatulle, die nicht wirklich so aussah, als würde man sie an so einem Ort wie diesem zurücklassen. Sie war ganz schön schwer und gänzlich aus Silber gefertigt. Edle Verschnörkelungen in Gold und Bronze am Rand und auf dem Deckel ließen sie wie eine Schatulle für Könige und Kaiser aussehen. Markt wagte einen Blick hinein. In der Schatulle befand sich ein einzelner, zusammengefalteter Zettel. Der Wissenschaftler nahm ihn heraus, gab die Schatulle an Reginald und begann den Zettel zu entfalten.

„Nur ein Zettel?“, fragte der Bleistift.

„17.893533“, las Mark von dem Zettel ab.

„17.893533?“, fragte Tom.

„17.893533“, bestätigte Mark.

„Was soll das heißen?“, fragte Reginald.

„Na 17.893533“, wiederholte Mark.

„Das hat so keinen Sinn.“, griff Tom dazwischen. „Nehmt die Schatulle und den Zettel mit ins Auto, wir fahren zurück in die Einsatzzentrale.“

Kapitel 3

Auf Deck der Almost Heaven stand das Wasser schon hüfthoch. Natürlich musste man die Situation proportional betrachten, denn während das Wasser für den Seemann, Brunhilde und Enrico noch nicht allzu tief war, schwamm Dimitri schon eine ganze Weile hin und her und versuchte nicht über die Reling gespült zu werden. Noch nie hatten der Seemann und seine Frau eine solch katastrophale Fahrt erlebt. Als das Schiff einigermaßen unter Kontrolle war und die Waschbärenbande sich gerade ein wenig in Sicherheit wiegte, schallte ein heftiges Krachen durch die Luft.

„Scheiße was war das - hicks -?“, fluchte der Seemann laut. Er hatte die kurze Verschnaufpause als Anlass genommen einen guten Schluck seines Essrums zu trinken. Dies war seine letzte Flasche, nun war die Crew auf sich gestellt.

„Den Bug hats zerfetzt!“, schrie Dimitri mit voller Kraft. „Wir müssen vom Schiff runter!“

Der Seemann war entsetzt. Vom Schiff runter? Die Almost Heaven für immer den Tiefen des Meeres überlassen? Nachdem sie ihn sein ganzes Leben begleitet hatte? Er schluckte stark, denn er wusste, dass es keinen anderen Ausweg mehr gab.

„Grrr. Alle in die Beiboote! Wir sinken!"

Aus allen Ecken des Schiffs rannten die Mitglieder des Suchtrupps in Richtung der Beiboote. Als sie sich gerade in der Mitte des Schiffs befanden, rumpelte und wackelte das Schiff heftigst. Ein Festhalten schien unmöglich und so kam es, dass die ganze Crew durch die Gegend geschleudert wurde. Der Frosch wurde durch eine Welle genau in das Beiboot gespült, Enrico flog quer über das Schiff, konnte sich aber dank seinem starken Bizeps am Mast festhalten, während der Seemann nur wenige Meter entfernt von seiner Frau gegen die Reling gepresst wurde. Das Wasser war zu stark, niemand konnte sich auch nur einen Meter bewegen. Es blieb der Waschbärenbande nichts anderes übrig, als sich Gegenseitig beim Sterben zuzusehen. Gerade als die Situation aussichtsloser nicht hätte sein können, krachte es erneut gegen das Boot. Der Seemann sah seiner Frau tief in die Augen. Beide wussten, dass dies das Ende sein könnte. Es krachte erneut.

„Wartet mal!", rief der Seemann überrascht. „Ich glaube ich weiß was hier so kracht!" Mit aller Kraft zog der Seemann zwei Messer aus seiner Jacke und rammte diese wie Eispickel in das Deck der Almost Heaven. Langsam und sehr mühselig konnte er sich damit fortbewegen. Gerade als er die Mitte des Schiffs erreichte, fing dieses auf einmal an sich zu bewegen. Was war denn jetzt los? Plötzlich lief das Wasser einfach so das Schiff hinunter und das Deck war wieder trocken. Der Sturm tobte immer noch aber die Wellen schienen das Schiff nicht mehr zu erreichen. Das Schiff schien wie ein Flugzeug vom Boden abzuheben.

„Wir fliegen!“, rief der Seemann.

„Wir was?!“, fragte Brunhilde erstaunt.

„Wir fliegen!“, rief der Seemann erneut.

Tatsächlich. Die Wellen erreichten gerade noch so den Rumpf des Schiffes, konnten sich aber nicht mehr über Deck spülen. Der Regen des Unwetters allein war zwar immer noch stark, reichte aber bei weitem nicht aus um die Almost Heaven noch einmal unter Wasser zu setzen. Der Seemann rannte zur Reling und schaut an seinem Schiff hinunter. Was sich von oben so anfühlte als würde das Schiff schweben, war in Wahrheit ein riesiger Blauwal, der die Almost Heaven auf dem Rücken balancierte. Der Seemann grinste breit.

„-77.279635 - bist du das?“, rief er hinunter.

Der Blauwal lächelte und stieß einen freundlichen Spritzer Wasser heraus, um seinen alten Freund zu grüßen.

„Kommt mal alle - hicks - her!“, rief der Seemann seiner Crew zu. „Das ist -77.279635, wir kennen uns noch von früher!“

Brunhilde erinnerte sich an -77.279635. Auf einer Kaperfahrt durch die Karibik vor einigen Jahren fanden sie den Blauwal gestrandet auf einer Insel vor und halfen ihm mit der Almost Heaven und einem ewig langen Seil wieder ins Wasser zu kommen. Gute Taten auf hoher See scheinen nie vergessen zu werden.

-77.279635 schwamm so schnell er konnte mit der Almost Heaven auf dem Rücken aus dem Unwetter heraus. Die Waschbärenbande konnte schon den blauen Himmel wiedersehen, als der Wal wieder untertauchte und dem Seemann wieder sein Schiff überlies. Noch einige Zeit nach der Rettung stand die Crew an der Reling des Schiffes und schaute der riesigen Schwanzflosse des Wals hinterher, die sich immer mehr in Richtung Horizont entfernte. Der Seemann lächelte -77.279635 dankbar hinterher.

„Ok. Dann machen wir mal die Almost Heaven wieder fahrtüchtig und begeben uns zurück in den Palast. Oder was sagt ihr?“, fragte Brunhilde in die Runde. Alle schauten sich gemeinsam an und nickten. Sie waren soeben dem Tod von der Schippe gesprungen.

Kapitel 4

Zurück im Palast tauschten sich die beiden Suchtrupps bei einem Kaffeekränzchen mit Rosetta aus. Zu dem Entsetzen der meisten, stand die altbekannte hässliche Vase immer noch in der Küche und wertete das Ambiente weiterhin ab. Der Inneneinrichter jedoch wurde in der Zwischenzeit gekündigt.

Gezeichnet von den Strapazen der letzten Wochen stopften sich die Mitglieder beider Suchtrupps mit Keksen und Kaffee voll, als hätten Sie seit Jahren nichts mehr gegessen.

„Nun, was gibt es zu berichten?“, ergriff Rosetta das Wort. „Magst du vielleicht anfangen mit deinem Bericht, Tom?“

„M-Klar-mm“, stimmte der Biber mit vollem Mund zu. „Wir haben das Haus im Wald gefunden und gestürmt, aber nichts wirklich Sinnvolles gefunden.“

„Außer diesem Zettel hier.“, sprang Mark ein. Er las den Inhalt laut für die individualistischen Individuen vor: „17.893533.“

„17.893533?“, fragte Rosetta.

„17.893533.“, bestätigte Mark.

„17.893533? Hicks“, fragte der Seemann.

„17.893533.“, nickte dieses Mal Reginald bestätigend.

„Und was heißt das jetzt?“, fragte Rosetta.

„Kein Plan.“, erwiderte Tom.

„Das hilft uns jetzt auch nicht wirklich weiter.“, stellte Rosetta fest. „Was habt ihr herausgefunden?“ Rosetta schaute in Richtung des Seemanns.

„Wir“, fing dieser an, die Waschbärenbande, wir haben rein gar nichts gefunden.“

„Rein gar nichts?“, fragte Rosetta.

„Rein gar nichts.“, bestätigte Brunhilde die Aussage Ihres Mannes.

„Wir - quack - waren auf hoher See unterwegs als ein Unwetter über uns herfiel.“, quackte Dimitri. „Die Insel die wir eigentlich besuchen wollten haben wir nie gefunden und mussten dann aufgrund des Unwetters umkehren.“

„Ihr seid echt zu nichts zu gebrauchen. Ich wusste, dass ein Suchtrupp unter deiner Leitung wortörtlich ein Schlag ins Wasser werden würde.“, mahnte das Schaf während sie den Seemann anschaute.

„Es war das schl-hicks-immste Gewitter, was ich je erlebt habe!“, stöhne der Seemann zu seiner Rechtfertigung. „Zum Glück kam ein alter Freund von mir zu Rettung!“

„Ein alter Freund?“, fragte Mark.

„Ja, -77.279635.“, bestätigte der Seemann.

„-77.279635?“, fragte Rosetta.

Der Seemann nickte und nahm einen Schluck von seinem Rum, den er während des Gesprächs aus seiner Tasche hervorgeholt hatte.

„Was soll das sein, -77.279635?", fragte Rosetta nach.

„Na ein alter Freund von meinem Mann!", pflichtete Brunhilde ihrem Gatten bei. „-77.279635 ist ein Blauwal der unser Schiff auf seinem Rücken getragen und aus dem Unwetter gebracht hat. Ohne ihn wären wir jetzt vermutlich nicht mehr am Leben."

Rosetta stand vom Tisch auf und lief eine Zeit im Raum auf und ab. Die Augen der individualistischen Individuen folgten ihr bei jedem Schritt.

„Tom. Dein Trupp findet also nur einen Zettel, auf dem eine Zahl steht.", fing sie langsam an das Puzzle zusammenzusetzen. „Und die...", Rosetta hielt kurz inne und schaute den Seemann mit großen Augen an, „Waschbärenbande findet nichts aber ein Blauwal kommt plötzlich zur Rettung und sichert euer Überleben?"

Alle am Tisch nickten.

„HALTET IHR MICH EIGENTLICH ALLE FÜR VOLLKOMMEN BESCHEUERT?", schrie Rosetta in den Raum. „IHR WART WOCHEN UNTERWEGS UND DAS IST ALLES WAS IHR HERAUSGEFUNDEN HABT?"

Die individualistischen Individuen schwiegen.

Kapitel 5

Es vergingen erst Tage, dann Wochen und Wochen wurden zu Monaten als mehr als 30 Tage zusammenkamen.

Die individualistischen Individuen waren verloren. Nachdem beide Suchtrupps keine Erfolge auf der Suche nach der vermissten Kuh Emma erzielen konnten, war die Stimmung im Eimer. Niemand wusste wo sich die Kuh befand oder wie man sie finden sollte. Alle Hinweise verliefen im Sand.

Rosetta, das intelligenteste Schaf und gleichzeitig auch Lebewesen des Universums, wusste nicht mehr weiter. Sie war heute trauriger denn je über ihre Ahnungslosigkeit und den Verlust ihrer Freundin Emma. Genau wie die anderen individualistischen Individuen hatte sie keine Ahnung, was mit der Kuh geschehen war. Tag für Tag betete sie für ein Zeichen, egal wie klein, dass ihr helfen würde die Kuh zu finden. Doch vergeblich wartete sie Tag für Tag, Woche für Woche und Monat für Monat.

Doch heute war kein normaler Tag. Heute jährte sich das Verschwinden der Kuh Emma zum ersten Mal. Seit nunmehr einem Jahr war sie schon verschwunden, ohne Zeichen, Abschiedsbrief oder Molkenerzeugnis.

Plötzlich klingelte es an der Tür. Rosetta rannte die Treppe hinunter an die Tür ihres großen Palastes und riss sie voll Hoffnung auf.

"Yo, what up?"

Vor der Tür stand ein Stier, der Rosetta im ersten Augenblick nur verwirrte. Er hatte starke Ähnlichkeiten mit Emma, war jedoch viel kleiner und eben männlich.

Der Bulle sah sehr gechillt aus und hatte einen Joint aus dem Mundwinkel hängen. Sein langer, muskulöser, harter Schwanz hing herunter und streifte die langen Grashalme der Wiese.

"Wer bist du?", fragte Rosetta.

Inzwischen hatten einige der anderen Palastbewohner sich mit neugierigen Blicken zur Tür gestellt. Mark, Tom und Enrico schauten ebenso verwirrt auf den Stier wie Rosetta, während Enrico sich jedoch ständig nervös mit der Hand durch die Haare fuhr.

"Yo, ey, bist du dieses Schaf?", fragte der Stier.

"Wer du bist hab ich gefragt!", entgegnete Rosetta ihm stur.

"Ey mach mal chille mille diggi!", war die Antwort. "Ich bin Dread Fyah Marvin, jah man."

Rosetta schaute mit riesigen Augen unglaubwürdig in die Augen des Bullen. Er hatte feuerrote Augen und konnte diese gerade mal weit genug öffnen, dass er nicht völlig blind durch die Gegend viel.

“Ich komme aus Jamaika ihr Weißbrote!”, fing Dread Fyah Marvin an, “Aber ich bin nicht hier um zu kiffen und zu feiern. Ich habe eine Mission im Leben.”

“Also, Marvin...”, fing Rosetta an zu stammeln.

“Dread Fyah Marvin!”, korrigierte der Stier sie schnell.

“Dread Fyah Marvin”, begann das Schaf erneut, “Was machst du hier, du hast hier nichts zu suchen.”

“Ey klar Girl. Ich bin voll wichtig für die Hauptstory, wirste schon sehen!”

“Was für eine Hauptstory?”

“Echt jetzt? Man, ey.”

“So kommen wir nicht weiter.”

Mark, Tom und Enrico wollten sich gerade auf den Weg machen, diesem unglaublich spannenden Gespräch zu entfliehen, da sprach Dread Fyah Marvin: “Ihr seid auf der Suche nach Emma, oder?

Die individualistischen Individuen schauten sich an und waren auf einmal sehr neugierig.

“Was weißt du über Emma?”, fing Rosetta an.

“Hast du sie gesehen?”, rief Mark von hinten dazu.

“Oh Emma wo bist du nur?!”, rief Enrico ganz theatralisch von weiter hinten.

Der Stier schnaubte und fing an zu berichten: “Ganz am Anfang, Alter. Da war mal ein Prolog. Erinnert ihr euch? So von dem ersten Buch? Jah man! Da ging es darum, dass Emma ein Kalb hatte und nach der Geburt nicht mehr sauer auf den Bauer, hehe das reimt sich ja, war. Und jetzt steh ich hier, Diggi.”

Rosetta, Mark, Tom und Enrico standen wie angewurzelt in einer Reihe in der Tür. Keiner konnte etwas sagen, keiner wusste was es noch zu sagen gab. Ein so schönes Deutsch hatten sie noch nie gehört.

“Ich dachte man hat dich zu einem Dönerspieß verarbeitet?”, fragte Rosetta erstaunt.

“Ja das war auch deren Plan, Alter! Richtig gemein. Aber ich bin vor der Schlachtung entkommen und nach Jamaika geflüchtet.”

“Wie kann ein Kalb nach Jamaika flüchten?”, fragte Mark.

“Das ist ganz einfach Digga”, fing der Stier an. “Du fliegst einfach nur so alte Propellermaschinen und alte Schiffe, da ist das mit der Security nicht so stark. Und auf der Insel selbst checkt doch eh keiner mit wem er redet. Die sind doch alle high.”

Dread Fyah Marvin zündete sich den Joint mit seinem Clipper Feuerzeug erneut an und nahm einen starken Zug. Während er den Rauch in wunderschönen Ringen direkt in Rosettas Gesicht blies, ergriff Enrico das Wort: “Komm doch rein und iss mit uns zu Abend. Du hast bestimmt Hunger nach so einer langen Reise und wir können uns beim Essen über alles Austauschen."

"Moment", erwiderte Rosetta, während sie den Rauch aus ihrem Gesicht wedelte. "Wieso solltest du uns bei der Suche nach deiner Mutter weiterhelfen können? Du hast doch selbst gesagt, dass du mehr oder weniger seit deiner Geburt auf Jamaika aufgewachsen bist und kein Kontakt zu ihr hattest."

"Das stimmt", pflichtete Dread Fyah Marvin bei, während er einen weiteren Zug nahm. Dann fuhr er fort: "Ihr habt immer noch rein gar nichts gecheckt. Meine Mutter ist doch übernatürlich, Mann. Ich hab auch so paar Skills vererbt bekommen. Damit kann ich sie finden."

Rosetta schaute skeptisch drein, gab jedoch den Blicken von Mark, Tom und Enrico nach und deutete mit ihren Beinen zum Speisesaal: "Dann komm rein und mach es dir bequem, Marvin."

"Dread Fyah Marvin, wenn ich bitten darf, Diggi."

Kapitel 6

Am heutigen Abendessen im Palast der individualistischen Individuen waren alle versammelt. Rosetta hatte jedem Bescheid gegeben und jeder war erschienen. Es gab ein riesiges Buffet, zahllose verschiedene Getränkesorten und jeder lauschte gespannt den Geschichten des Rastafari Stiers Dread Fyah Marvin.

Der Bulle baute eine Tüte nach der Anderen und rauchte so viel Ganja, dass seine Augäpfel auch ohne Brille 3D im Kino schauen konnten. Die Geschichten aus seiner Jugend waren intensiv, wie das Weed, das er mitgebracht hatte und mit allen teilte. Am heutigen Abend, waren alle sehr gut drauf. Rosetta tanzte auf den Stühlen, Dimitri sprang ängstlich darunter herum. Tom stellte sich als idealer Kiffer heraus, da er als Biber mit seinen langen Zähnen ideale Tüten stopfen konnte. Alle hatten Spaß und erzählten sich witzige Geschichten. Doch zu einer etwas späteren Stunde, die Uhr stand auf zwanzig nach vier am Morgen, wurden die Gespräche wieder ernster und tiefgründiger.

“Jetzt erzählt doch mal, Dread Fyah Marvin.”, fing Rosetta an. “Wie kannst du uns helfen, Emma zu finden?”

“Das ist eigentlich ganz einfach, Alter.”, sagte der Stier. “Meine Fähigkeit ist es, durch Zeit und Raum zu reisen.”

Alle lachten.

“Nein das ist mein voller Ernst.”, meinte Dread Fyah Marvin, während er seine Aussage mit dem Abaschen seines Joints unterstrich.

“Undni wienind - hicks - gehen?”, der Seemann brachte kein Vernünftiges Wort mehr raus. Sein Essrum schien sich nicht gut mit Ganja zu vertragen.

“Wie das gehen soll”, korrigierte seine Frau Brunhilde ihn.

“Ahh”, alle nickten verständlich.

Dread Fyah Marvin stand auf und fing an etwas zu murmeln. Die Spitzen seiner ungestutzten Hörner fingen an violett zu leuchten.

“Höhr sofort auf!”, schrie Rosetta.

Es gab einen großen Knall, dann waren alle für einige Augenblicke blind und taub. Als die Augen sich wieder an die Lichtverhältnisse gewöhnt hatte, befand sich in der Ecke des Raums ein Wurmloch.

Keiner im Raum außer Rosetta und Marvin trauten ihren Augen.

“Mach das sofort weg!”, schrie Rosetta entsetzt. Tosende laute Winde machten das Reden in der Präsenz des Wurmlochs zu einer echten Tortur. “Das ist dunkle Magie, du wirst uns noch alle umbringen!”

Der Stier scherte mit seinen Hufen und das Wurmloch löste sich auf, bis es gänzlich verschwand.

“Was zur Hölle stimmt nicht mit dir?”, schreite Rosetta ihn fragend an, als die dunkle Magie versiegte.

“Das ist kein Risiko!”, rief Marvin.

“Was erzählst du da für einen Mist?”

“Hör mir doch zu, Alter.”

Marvin rollte sich in Windeseile einen neuen Joint und zündete ihn an, während Rosetta stocksauer neben ihm Stand und die restlichen individualistischen Individuen seit der Erzeugung des Wurmlochs kein Wort mehr gesagt hatten. Endlich fuhr der Stier fort: “Es ist so, Mann. Durch meine Gene bin ich nicht empfänglich auf die negativen Auswirkungen der dunklen Energie. Emma hat diese Gene auch, sie wusste es nur noch nicht!”

“Das kann nicht sein.”, erwiderte Rosetta. “Jeder der dunkle Magie nutzt wird früher oder später den Preis dafür bezahlen. Nach und nach wirst du die Energie deines Körpers aufbrauchen bist du verschrumpelt in der Ecke liegst wie ein alter Pfirsich.”

“WTF. Komm mal klar. Keiner wird hier zum Pfirsich”, entgegnete Dread Fyah Mavin. “Ich bin bereits unzählige Male durch Raum und Zeit gereist und habe noch nicht einen einzigen Kratzer davongetragen. Lange habe ich mich damit beschäftigt und es hat Jahre gedauert, bis ich in meinem Forschungslabor auf Jamaika die Lösung dafür entdeckt habe: Meine Gene."

"Das heißt, du kannst so viel dunkle Magie wirken wie du magst aber zahlst keinen Preis?", fragte das Schaf verdutzt.

"Genauso ist es, Diggi."

Rosetta war verblüfft. Die Auswirkungen der Macht dieses Stiers sind unmöglich feststellbar. Dread Fyah Marvin könnte in Minuten die Erde teilen, in ein anderes Universum verschieben oder das Universum selbst vernichten. Durch seine Forschungen, wusste hiervon auch Marvin Bescheid.

"Hast du Bock mitzukommen, Rosetta?", fragte Marvin.

"Wohin?"

"Nach Jamaika!"

"Was soll ich denn da?"

"Ich könnte dir mal ein richtiges Labor zeigen."

"Liegt da Stroh rum?"

"Ja."

"Dann bin ich dabei."

Kapitel 7

So kam es, dass Rosetta, das intelligenteste Schaf der Welt und Rasta Dread Fyah Marvin, der wohl stärkste dunkle Magier des Universums, in einer Propellermaschine auf dem Weg nach Jamaika saßen. Sie tauschten sich den ganzen Flug über Erkenntnisse der Suche nach der Kuh Emma aus und überlegten, welche weitere Vorgehensweise die beste wäre.

Dread Fyah Marvin hat unabhängig von den individualistischen Individuen nach seiner leiblichen Mutter gesucht und sie fast gefunden, als sie verschwand. Nachdem er wusste, dass sie verschwunden war, ging er alleine auf das Abenteuer der Suche nach seiner Mutter. Bis zu dem Tag an dem er sich dazu entschloss doch die individualistischen Individuen aufzusuchen.

Die Maschine landete um 16:20 Uhr auf dem Flughafen in Kingston, Jamaika. Alles roch nach Weed, jeder hatte einen Joint im Mund und jeder war gut drauf. Rosetta und Marvin nahmen ein Taxi und begaben sich auf die 2 1/2-stündige Fahrt zu seinem geheimen Labor, in den Bergen von Jamaika. Zu ihrer Überraschung hatte der Biber Tom derzeit einen Auslandseinsatz seiner Taxifirma und fuhr die beiden.

Vor einer riesigen und unbeklimmbaren Felswand machte das Taxi halt und Tom ließ die beiden aussteigen, während er wieder zurück zum Flughafen fuhr um den nächsten Taxi Gast einzusammeln. Das Business lief gut für ihn.

Nachdem Tom mit seinem Taxi davongefahren war, standen Rosetta und Dread Fyah Marvin alleine im Wald vor einer steilen Felswand.

“Und wo ist dein super Labor nun?”, fragte Rosetta, während sie zu Marvin rüber schaute.

Dieser murmelte ein paar Worte während die Spitzen seiner Hörner wieder violett zu leuchten begannen. Er hatte den Eingang zu seinem Versteck mit dunkler Magie versteckt. Die Lianen und das üppige Gestrüpp, das über der Felswand hing, bewegte sich wie durch Zauberhand, was es ja auch war, beiseite. Im Feld bildete sich ein Spalt, gerade breit genug, damit ein Stier hindurch passte.

“Komm, folge mir.”, deutete Marvin Rosetta zu folgen. Die beiden gingen eine Weile durch einen unbeleuchteten und dunklen Gang, während die leuchtenden Hörner des Stiers die einzige Lichtquelle waren, die den Weg erhellten. Hinter ihnen schloss sich die Felswand wieder wie von alleine und ließ niemanden wissen, was sich hinter ihr verbarg.

Als die beiden schon keine Lust mehr hatten zu laufen, tat sich am Ende des Gangs endlich ein Ende auf. Sie liefen auf eine weitere Tür zu, die erst spät durch das dunkle Schimmern von Marvins Hörnern zu sehen war.

Dead Fyah Marvin öffnete die Tür und deutete Rosetta vorzugehen. Sie traute ihren Augen nicht. Die beiden standen wie auf einem Balkon, von dem eine Treppe in eine riesige, unterirdische Höhle hinabführte. Alles war ein einziger, riesiger Raum, in dem sogar ein Blauwal wie -77.279635 Platz gehabt hätte. Über die Treppe kamen die beiden auf den Boden der Höhle, in dessen Mitte eine riesige Apparatur stand. Alles sah aus wie eine riesige Forschungseinrichtung, in der hunderte von Menschen hätten arbeiten müssen und doch war niemand zu sehen. Dead Fyah Marvin zeigte mit seinem Kopf in die Mitte der Höhle auf die riesige Maschine: "Hast du sowas schonmal gesehen?", fragte er das Schaf.

"Nein. Was ist das?", fragte Rosetta langsam.

"Du stehst vor dem Helioxon 900B-24Y-Gamma-Delta-EFF", sagte Marvin voll Stolz.

"Vor was?", fragte das Schaf.

"Helioxon 900B...", fing Marvin an den Namen dieser unheimlichen Apparatur erneut zu nennen während Rosetta ihn unterbrach: "Das hab ich verstanden!".

"Wie dem auch sei.", fuhr Marvin fort. "Diese Maschine dient zur Vernetzung von Materie mit Wurmlöchern. Kennst du diese ganzen Zeitreise-Filme mit Flux Kompensatoren und so weiter? Alle Fake, Alter. Das hier ist der reale Shit."

"Wie meinst du das?", fragte Rosetta stutzig.

"In den ganzen Filmen geht es immer darum durch die Zeit zu reisen, in dem man sich die Zeit aussucht. Das ist aber nicht wie Zeitreisen funktioniert. Das Reisen durch die Zeit basiert auf Materie, nicht auf Zeit. Jedes Objekt im Universum hat zu jeder Zeit einen eindeutigen, fest definierten Zustand. Die Zeit ist nur das Element, dass diesen Zustand ändert. Selbst wenn sich der Zustand jedoch geändert hat, bleibt die Materie in einem eindeutigen fest definierten Zustand, nur eben der Zustand für diesen Moment. Das Ziel ist es also nur, zu wissen in welchem Zustand die Materie war, zu der du reisen willst. In dem du zu dem Zustand der Materie reist, reist du automatisch in die entsprechende Zeit in der die Materie in diesem Zustand war. Digga"

Und Rosetta dachte sich nur: "What the Fuck."

Kapitel 8

Vieles passte einfach nicht zusammen. Auf der einen Seite war der Stier Dread Fyah Marvin ständig bekifft, laberte nur Scheiße und verbrannte sich manchmal selbst, wenn er versuchte, einen Joint anzuzünden. Auf der anderen Seite hatte er gleichzeitig gerade in einem Atemzug Rosetta das Zeitreisen verständlich erklärt, gezeigt, dass es wirklich funktionieren kann und eine anscheinend fertige Apparatur um es auszuprobieren, gebaut. Rosetta wusste einfach nicht, was sie glauben sollte. Ob Kühe ihre Intelligenz besser einsetzen können, wenn sie erwachsen geworden sind? War Marvin noch zu jung um über seine immensen Fähigkeiten Bescheid zu wissen und angemessen verfügen zu können? Egal wie die Situation gerade war, Marvin schien ein integraler Bestandteil der Hauptstory zu sein. Da war dieser Begriff wieder. "Hauptstory." Was hatte es damit auf sich? Egal wie viel Rosetta hierüber nachdachte, sie schien die vierte Wand nicht durchbrechen zu können. Der Autor grinste.

"Ich würde vorschlagen, du machst es dir einfach bequem und wir beginnen direkt morgen früh mit der Arbeit. Digga, das wird so nice. Ich kann es spüren.", begann Marvin nach einiger Zeit.

"In Ordnung. Wir können beide eine gute Mütze Schlaf nach der langen Reise gebrauchen.", stimmte Rosetta zu.

Als Rosetta am nächsten Morgen aufwachte hatte Marvin sich schon an die Arbeit gemacht. Die Apparatur in der Mitte der Höhle war am rödeln, während einige Stellen violett leuchteten. Sie streckte sich und begab sich direkt zu ihm, um keinen Moment dieses technischen Wunders zu verpassen.

"Guten Morgen", gähnte sie.

"Guten Morgen, bist du bereit, Alter?", fragte Marvin in gewohnter Manier.

"Klar.", schluckte Rosetta.

"Das Ziel dieser Maschine ist Folgendes: Um die Materie mit einem meiner Wurmlöcher zu verbinden, brauchen wir ein wenig DNA von dem Objekt oder Lebewesen, auf das sich das Wurmloch ausrichten soll. Hast du irgendwas von Emma bei dir? Vielleicht ihre Hörner oder so?", fragte Marvin.

"Was stimmt denn nicht mit dir? Wieso sollte ich die Hörner meiner besten Freundin haben?", entgegnete das Schaf empört.

"Ist ja schon gut, mach mal halblang, Alter. Aber ohne irgendeine DNA-Sache geht hier halt nix.", stellte der Stier fest.

"Zum Glück weiß ich genau, wen ich da fragen muss."

Rosettas Anruf überraschte Mark. Er hatte es sich gerade im XXL-Wohnzimmer des Palasts der individualistischen Individuen bequem gemacht und wollte die neue Staffel Bachelorette in 4K auf einer 200 Zoll Leinwand schauen, als Rosetta ihn anrief.

“Ja was gibts?”, fragte er genervt, weil er wusste, dass ein Anruf von der Chefin immer Ärger bedeutet.

“Wir brauchen deine Hilfe.”, fing Rosetta an. “Wir können Emma finden, wir haben wirklich eine Chance! Aber wir brauchen ein Stück ihrer DNA um sie zu orten. Kannst du uns weiterhelfen?”

“Klar, Rosetta, gar kein Problem. Ich schick dir einfach ein paar der Stammzellen, die ich noch von den Burgern habe. Sind eh abgelaufen.”

“Danke dir, Mark.”

Drei Tage später traf das Reagenzglas mit Emmas Stammzellen in der Höhle von Dread Fyah Marvin mit Hermes ein. Sie haben das Paket jedoch mehrfach fallengelassen und den gesamten Inhalt zerstört, weswegen Mark die ganze Aktion noch einmal wiederholen musste und dieses Mal mit DHL Prio Express Deluxe Premium Pro verschickte. Nach 14 Tagen kam das Highspeed Paket in der Höhle von Marvin an, dieses Mal zum Glück unversehrt.

Marvin und Rosetta schauten sich gemeinsam an, als der Stier die Stammzellen in den Apparat einbaute.

“Der Moment der Wahrheit ist gekommen.”, stellte der Stier fest. “Jetzt erzielen wir einen wichtigen Schritt für die Hauptstory. Jah man!”

“Was hat es ständig mit dieser Hauptstory zu tun?”, rief Rosetta genervt.

“Das ist eine Ebene zu hoch für dich, Schaf.”, entgegnetet der Stier.

Rosetta schwieg.

Dann sagte sie “Mähh”.

“Was passiert hier gerade?”, fragte Rosetta?

Sie sagte nochmal “Määh”.

“Das kommt nicht von mir! Ich gebe keine Laute von mir, ich kann sprechen!”, rief Rosetta voller Furcht um ihr Leben. Jedes Mal, wenn der Autor etwas aufschrieb, schien es tatsächlich auch so zu geschehen. Sie fühlte sich wehrlos, ohne Kontrolle, in den Fängen des Autors. Was er schrieb galt, was sie wollte, musste dieser schreiben. Sie wusste nicht wie ihr geschieht.

“Was ist passiert?”, fragte Marvin.

“Die Laute kommen nicht von mir!”, schrie Rosetta entsetzt.

“Määähh, Määääh, Määäh”, blökte Rosetta. “Mach, dass es aufhört!”

Und ebenso schnell wie der Grusel begann, endete er auch wieder.

Kapitel 9

Ein lauter Knall. Dann nichts. Stille. Rosetta und Marvin wurde schwarz vor Augen und um sie herum. Die Zeit verlangsamte sich, bis sie völlig aufhörte fortzuschreiten. Minuten waren endlose Zeiträume, die kein Ende nahmen und Sekunden fühlten sich an wie Jahre. Doch es war nichts und es ist nichts. Keine Gerüche, keine Geräusche, keine Luft und kein Leben. Keine Erde, keine Planeten, kein Sonnensystem und in seinem Herzen auch keine Sonne. Nicht mal eine Galaxie, kein interstellarer Nebel, kein Virgo Super Cluster und kein Universum. Nichts. Am Anfang war das Ende und am Ende stand der Anfang. Doch gleichzeitig waren beide in der Mitte. Denn Ohne Anfang kein Ende und ohne Ende kein Anfang. Dann plötzlich, ein Funke der Hoffnung. Ein Zeichen aus einer anderen Dimension, aus einem anderen Raum, aus einer anderen Zeit. Und die Zeit kam wieder. Sekunden wurden schneller bis ihre Geschwindigkeit fühlbar wurde. Minuten wurden wieder endlich, während Materie sich zu formen begann. Da waren sie wieder, die Planeten in unseren Sonnensystem und die Sonne in der Mitte. In ihrer Reichweite die Erde und das Leben mit all seinen Geräuschen und Gerüchen. Plötzlich war alles wieder normal.

Rosetta schüttelte sich den Staub aus dem Fell. Wo war sie gelandet? Eben noch stand sie in einer Höhle mit einem Stier und redet über Wurmlöcher und auf einmal war sie ganz woanders. Hatte es funktioniert? War sie tatsächlich durch die Zeit und durch Raum gereist? Sie gruselte sich schon jetzt vor den Konsequenzen dieses Abenteuers und schaute sich um. Das Schaf stand in einem rudimentären Haus aus Holzwänden, nicht wirklich groß und auch nicht sonderlich bequem. Ein paar wenige Fenster gewährten einen Blick nach draußen. Das Haus war weitestgehend umgeben von Schotter und ein paar Palmen mit Wiesen. Wo war Rosetta hier gelandet? Sie holte ihr Smartphone aus der Tasche und schaute auf die Koordinaten. “17.893533, -77.279635.”
“Moment mal.”, dachte sie sich. Irgendwie kamen ihr die Zahlen bekannt vor. Auf einmal machte es in ihrem Schafshirn klick. “Natürlich!”, rief sie laut. Der Zettel in der Hütte des einen Suchtrupps und der komische Name des Blauwals ergaben zusammen Koordinaten! Wie bescheuert musste das intelligenteste Schaf der Welt sein, um das nicht zu erkennen? Manchmal sah sie wirklich den Wald vor lauter Bäumen nicht.

Da sie nun scheinbar über Umwege an den Koordinaten angekommen war, schaute sie sich in dem Haus um. Es gab hier jedoch nicht viel, was von großem Interesse für sie gewesen wäre. Die Fenster waren mit alten verstaubten Gardinen abgehangen, während vertrocknete Zimmerpflanzen in den Ecken des Raumes standen. Hier schien schon lange niemand mehr gewesen zu sein. In der Ecke gegenüber einer Tür stand ein alter Schreibtisch aus Holz, der ebenfalls mit einer dicken Staubschicht überzogen war. Eine Sache schien hier jedoch komisch. Ein dickes Buch mit einem Einband aus Leder hatte Rosettas Neugier geweckt. Bei genauerem Betrachten war ihr aufgefallen, dass an dem Buch kein Staub haftete. Jemand musste es vor kurzem hier abgelegt haben. Sie ging zum Schreibtisch rüber und schaute sich das Buch genauer an. Der Titel "Schnabeltiere müssen auch mal essen" war tief in den ledrigen Einband eingepresst. Das Schaf schlug neugierig die erste Seite auf:

"Schnabeltiere müssen auch mal essen. Von Jars Loppich.".

Rosetta laß gespannt weiter.

"Hast du jemals darüber nachgedacht, wie Schnabeltiere essen? Nun, trotz ihres erstaunlich praktischen Schnabels können sie leider keine Pizza bestellen. Und mit Füßen, die besser zum Schwimmen als zum Grillen geeignet sind, ist der Fast-Food-Drive-in auch keine Option. Deshalb bleibt dem Schnabeltier nichts anderes übrig, als auf die altmodische Art zu essen: mit einem Sprung ins Wasser und einer guten Portion Unterwasser-Snack!"

Das Schaf blätterte eine Seite weiter.

“Nach einem ausgiebigen Unterwasser-Snack kehrte das Schnabeltier an Land zurück, sein Fell glänzte vor Nässe und sein Bauch war prall gefüllt. Es hatte gehört, dass einige Tiere in der Nähe einen Food Truck eröffnet hatten und war neugierig, was das Angebot so hergab. Flamingos verkauften exotische Smoothies, Koalas boten Eukalyptus-Tees an, und eine Gruppe Ameisen hatte einen Stand für Krümel jeder Art.”

Rosetta wollte gerade das Buch weglegen, als ihr auffiel, dass jemand einen Brief als Lesezeichen zwischen die Seiten gesteckt hatte. Sie öffnete die entsprechende Stelle im Buch und laß: “Das Schnabeltier, ein scheinbar unschuldiges Geschöpf aus den Gewässern Australiens, trägt in alten Legenden einen Hauch von Mysterium. In dunklen Kreisen war es nicht nur als biologisches Rätsel bekannt, sondern auch als Hüter alter, verborgener Magie. Einige Stämme glaubten, dass das Schnabeltier zwischen den Welten wandern konnte, eine Brücke zwischen dem Natürlichen und dem Übernatürlichen. Die schamanischen Führer dieser Kulturen suchten oft nach Schnabeltierfedern, die angeblich mit dunkler Energie durchtränkt waren und als mächtige Talismane in Zeremonien verwendet wurden. Es wurde erzählt, dass, wenn man nicht mit Vorsicht und Respekt vorging, diese dunkle Magie sich gegen den Zaubernden wenden und verheerende Folgen haben könnte. So blieb das Schnabeltier in den Augen der Eingeweihten ein Symbol für die düstere, unauslotbare Tiefe der Magie und die ewige Balance zwischen Gut und Böse.

Rosetta öffnete eilig den Briefumschlag, gespannt darauf, was wohl sein Inhalt sein würde. In dem Umschlag schien kein Brief zu sein, sondern irgendein Gegenstand. Rosetta holte ihn heraus und legte ihn auf den Schreibtisch. Vor ihr lag ein wunderschönes Medaillon aus reinstem Diamant und Gold. In der Mitte befand sich ein violett leuchtender, runder Diamant in einem Ring aus massivem Gold. All dies hing an einer goldenen Kette, die aus unzähligen einzelnen kleinen Ringen bestand, die miteinander verkettet waren.

"Wow, das ist so wunderschön.", staunte Rosetta unglaubwürdig. Bei genauerem Betrachten des Diamanten stellte sie fest, dass im Inneren des Diamanten auch noch etwas war. Sie hielt das Medaillon ganz nah vor ihr Auge und versuchte zu erkennen, um was es sich handeln könnte. Rosettas Augen begannen zu leuchten, als sie feststellte, um was es sich handelte: "Schnabeltierfedern."

Sie nahm das Medaillon und hängte es sich um den Hals: "Das ist der Talisman der Schnabeltiere. Ich kann es kaum fassen."

Doch noch während sie diese Worte sprach, verlor sie die Kraft in den Beinen und viel auf den Boden, ehe um sie herum alles schwarz wurde.

Kapitel 10

“Wach auf, Rosetta!”, sagte eine unbekannte Stimme.

“Da, ich glaube sie wird wieder.”, erwiderte eine andere Stimme.

Rosetta öffnete die Augen. Was war geschehen? Sie konnte sich kaum noch an etwas erinnern. Ihr Kopf dröhnte und das Licht brannte sich durch ihre Netzhaut. Nachdem sich ihre Augen nach ein paar Minuten an die Helligkeit gewöhnt hatten, musterte sie die Gegend und die beiden Gestalten, die vor ihr standen. Sie traute ihren Augen nicht.

Der Raum war komplett schwarz. Schwarze Wände, schwarzer Boden, schwarze Decke. Nicht mal die Beschaffenheit des Materials sah aus wie normaler Putz oder Tapete. Der Raum hatte keine Türen, keine Fenster und auch sonst nichts weiter. Dennoch war sie in diesem Raum gelandet, während zwei Schnabeltiere in weißen Kitteln, mit Clipboards und Kugelschreibern in den Händen vor ihr standen. Sie trugen beide eine Brille und waren offensichtlich amüsiert von der Anwesenheit des Schafs.

“Dürfen wir vorstellen: Schnabelalaland”, sagte das Linke Schnabeltier. “Mein Name ist Schnabelthomas und das hier ist Schnabelbärbel.”, während Schnabelthomas auf das rechte Schnabeltier deutete. “Sie ist meine Frau und ich besorgs ihr richtig.”

“Thomas!”, rief Schnabelbärbel mahnend. “Heute Abend kannst du aber garantiert mal wieder selbst Hand anlegen!”

“Ja, ok.”, pflichtete Schnabelthomas klein bei.

“Aber nun zurück zu dir.”, sagte der männliche Schnabel als er sich wieder Rosetta zuwandte.

“Wo bin ich?”, fragte Rosetta.

“Du bist in Schnabelalaland gelandet.”, erklärte Thomas. “Du hast einen unserer Talismane gefunden und angelegt. So kommt man in unser Land.”

“Und wo befindet sich Schnabelalaland genau? Ist das in Afrika? Australien? Bei Köln?”, fragte Rosetta neugierig.

“Ach sei nicht albern!”, fuhr Thomas fort. “Die Talismane funktionieren für Reisen auf der Erde nicht. “Sie sind dafür da um zwischen den Welten zu reisen, nicht darauf. Uns zu fragen wo du gerade auf der Erde bist ist wie eine Ameise, die fragt auf welchem Planeten sie sich gerade befindet. Unerreichbar. Irrelevant.”

Die beiden Schnabeltiere fingen an zu lachen.

Rosetta schaute verwirrt drein. Wo zur Hölle war sie gelandet?

“Ich will mal nicht so sein. Du hast den Talisman gefunden und bist hier gelandet. Wir sind zwar rein technisch gesehen nicht übernatürlich aber in Bezug auf die Erde schon ein wenig. Sag uns doch einfach, ob wir dir mit etwas helfen können, wir erfüllen dir einen Wunsch und schicken dich dann nach Hause. Was hältst du davon?”, fragte Schnabelthomas nach einer Weile, als die beiden aufgehört hatten zu lachen.

“Das klingt fair.”, entgegnete Rosetta.

Kapitel 11

Im Palast der individualistischen Individuen machte sich jeder große Sorgen. Marvin war von Jamaika zurückgekehrt und hatte allen von dem Experiment berichtet. Obwohl das eigentliche Ziel Emma zu finden von vorn herein nicht realistisch klang, so sollte Rosetta jedoch planmäßig einige Zeit später wieder eintreffen. Als der Bulle jedoch mehrere Tage nichts von dem Schaf hörte, packte er seine Sachen und reiste kurzerhand zurück zum Palast, um allen davon zu berichten.

"Ja was sollen - Hicks - wir denn jetzt mamachen?", fragte der Seemann, als sich alle eines Mittags im Palast versammelt hatten.

Die individualistischen Individuen schwiegen. Marvin ging im Raum auf und ab, während alle anderen am großen Tisch im Esszimmer saßen. Reginald schärfte sich gerade den Kopf mit einem Damastmesser, als er auf den genialsten Gedanken kam, den er je hatte. Man sollte die Gardinen im Esszimmer beige färben und die aktuellen weißen Leinenfetzen austauschen! Er grinste wären er sich weiterhin mit dem Damastmesser den Blei aus der Stirn ritzte.

“Ich habe eine Idee.”, verkündete Dimitri der Frosch plötzlich. “Wie wäre es mit Lasagne heute Abend?”

Mark schaute ihn verwirrt an: “Können wir uns nicht alle mal wieder konzentrieren? Wir haben Emma verloren und jetzt ist auch noch Rosetta weg! Was sind wir ohne die zwei intelligentesten Lebewesen auf diesem Planeten noch?”

“Immer noch besser als die Power Rangers!”, rief Tom aus einer Ecke des Raumes, in der er im Schatten genüsslich an der Wand lehnte. Die Arme verschränkt und trotz der Abwesenheit der Sonne natürlich wie immer mit seiner dreifach verspiegelten Sonnenbrille von RayBAM.

Alle nickten zustimmend.

Plötzlich ertönte eine Stimme im Raum, die aus jeder Ecke zu kommen schien. Egal wo jemand stand, sie klang überall gleich. Sie sprach mit einer Kraft und Inbrunst, die sogar den gerade mega gechillten Marvin erschaudern ließ: “Macht nichts.”

Absolut jedes Lebewesen im Esszimmer schaute erschrocken durch die Gegend, nichtsahnend von dem, was gerade vor sich ging.

Sie warteten ein paar Minuten, ob die rätselhafte Stimme noch weitere Ratschläge für sie parat hatte. Doch sie schwieg.

“Meint ihr?”, durchbrach Reginald nach einer Weile die Stille, “Meint ihr das war?”. Er konnte den Satz nicht fertigbringen.

“Er?”, fragte Dimitri mit großen Augen.

“Nein, das kann nicht sein!”, rief Mark vom Kopfende des Tischs.

“Ey was ist denn mit euch, chillt doch mal!”, wandte sich Marvin an die Menge, während er sich einen neuen Joint drehte. “Wer soll hier was sein?”

“Unwichtig - hicks.”, fing der Seemann an, “Wir müssen hier-cks weg. Un zwar schnell!”

Der Seemann schloss mit Eile seine Essrumflasche und kotzte einen klein wenig seiner letzten Mahlzeit vor Aufregung über sein altes, zerfleddertes Seemannshemd.

“Macht nichts.”, ertönte die mysteriöse Stimme plötzlich erneut. Der Seemann kotzte sich ein vor Angst. Marvin rollte hastig eine weitere Tüte, während die anderen vom Tisch aufstanden und langsam durch den Raum schritten.

“Wer bist du?”, rief der Frosch in die Richtung der Decke, in der Hoffnung eine Antwort zu erhalten.

Niemand antwortete.

“Es ist vergebens. Entweder es ist ein Fluch aber ER würde sicher niemals antworten.”, stellte Mark nach einer weiteren Weile der Stille fest.

Doch gerade als er einen weiteren Satz sagen wollte, sprach die Stimme erneut: “Ihr sollt einfach nichts machen. Ok? Was ist daran schwer zu verstehen? Wenn ihr weiterhin so dumme Scheiße abzieht läuft mein kompletter Plot auseinander und ich muss wieder irgendwie zaubern, dass diese ganze unlustige, unrealistische, abgehobene und frei erfundene Geschichte nicht aus dem Ruder läuft."

Plötzlich ertönte mehrmals hintereinander ein Singalton, der den individualistischen Individuen den entscheidenden Hinweis darauf gab, wo die Stimme herkam: Vom Telefon. Dimitri griff zum Hörer und legte ihn auf die Station, woraufhin das Signal verstummte.

Der Autor hatte aufgelegt.

Kapitel 12

Rosetta überlegte lange, was ihr Wunsch sein würde. Die Schnabeltiere konnten zwischen den Welten reisen und wer solch gewaltige Fähigkeiten hatte, würde sicherlich auch das ein oder andere auf einem winzigen Planeten namens Erde bewirken können.

“Guten Morgen”, entgegnete Rosetta den Schnabeltieren.

“Was ist das?”, fragte Schnabelthomas.

“Was ist was?”, fragte Rosetta.

“Morgen”, erwähnte Schnabelbärbel.

Rosetta schaute verdutzt.

“Wie dem auch sei.”, fuhr Schnabelthomas fort, “Wie hast du dich entschieden, Schaf?”

“Ich wünsche mir die Kuh Emma zurück! Und dann könnt ihr uns beide nach Hause schicken, in den Palast der individualistischen Individuen.”

Die Schnabeltiere schauten sich fragend an, nickten dann aber.

“Dann machen wir das so.”, stellte Schnabelbärbel fest. Sie zog an einem Hebel und plötzlich wurde wieder alles dunkel um Rosetta herum, bis sie gar nichts mehr spürte.

Das Erste was Rosetta erkannte, als sie wieder zu ihren Sinnen kam, war Kuhmist. Sie lag tatsächlich mit ihrem halben Gesicht in einem frischen, warmen und stinkenden Haufen. So einen guten Start in den Tag, hatte sie schon lange nicht mehr gehabt. Während sie noch auf dem Boden lag schaute sie sich ein wenig um. Sie schien auf einem Bauernhof gelandet zu sein, denn um sie herum waren Felder, Ställe und in der Ferne auch andere, herkömmliche, blöde Tiere.

Das Schaf stand auf und versuchte den Kuhmist aus ihrem Gesicht zu wischen. Mehrfach streifte sie ihren Kopf über das saftige, grüne Gras und wurde mit jedem Mal ein wenig sauberer. Die braune Verfärbung ihrer Wolle würde sie aber ihrem Friseur zeigen müssen.

“Du bist schön genug so wie du bist.”, ertönte eine weibliche Stimme, während Rosetta erneut mit dem Gesicht über den Boden schrubbte. Sie kannte die Stimme nur zu gut und doch hatte sie sie lange nicht mehr gehört.

“Emma?”, rief sie verdutzt, als sie sich herumdrehte.

Sie traute ihren Augen nicht! All die lange Zeit auf der Suche nach Emma und nun stand sie direkt vor ihr. Sie sah noch genauso gut aus wie damals, doch schien sie nun weiser und reifer als zuvor.

“Ich bin so froh dich zu sehen, Rosetta!”, rief Emma voller Freude. “Ich habe so lange auf diesen Moment gewartet”.

Die beiden umarmten sich eine ganze Weile und dann noch eine weitere, bis sie ein Camp für die Nacht aufschlugen. Emma entzündete ein Lagerfeuer, während Rosetta Strohballen auf einem Bauernhof stahl, der sich ganz in der Nähe befand. Hieraus formte sie zwei grandiose Sitzmöglichkeiten, auf denen die beiden alten Freundinnen sich den ganzen Abend unterhalten können würden.

“Jetzt erzähl doch mal.”, fing Rosetta an, als die beiden in der Wärme des Lagerfeuers zur Ruhe gekommen waren. “Wo bist du gewesen?”

“Das ist eine furchtbar lange Geschichte. Du wirst mir vermutlich nicht mal die Hälfte glauben.”

“Erzähl sie trotzdem!”, forderte Rosetta sie energisch auf.

Emma erzählte Rosetta die ganze Nacht von ihrer Reise, die mit ihrem Verschwinden begann. Auf der Suche nach der Antwort auf die alles entscheidende Frage “Wer isst die Kuh?”, hatte sich Emma auf die verschiedensten Spuren begeben. Eine führte sie zu Einbert Alstein, ein Kieselstein, der durch Meditation Bewusstsein erlangte, dem Erfinder der Parallelitätstheorie von Zeit und Raum. Mit Hilfe des Kieselsteins arbeitete sie in Zoom Calls bequem aus dem Palast an verschiedenen weiteren Theorien und praktischen Experimenten. Dies ging so lange gut, bis Emma eines Tages ein schwarzes Loch erzeugte, das jedoch instabil und dazu verflucht war, innerhalb kürzester Zeit in sich selbst zu verfallen. Der Sog war gerade stark genug, um Emma samt der Einrichtung ihres Raums aus dem Palast zu saugen, bevor es in sich kollabierte und verschwand. Einbert Alstein tat es ihr gleich und folgte der Kuh durch ein selbst erzeugtes Schwarzes Loch, um gemeinsam mit ihr die Raumzeit zu erforschen. Doch statt einen Hinweis auf die alles entscheidende Frage zu erhalten, erfanden der Kieselstein und die Kuh das Zeitreisen. Trotz der geballten Intelligenz dieser beiden Gefährten konnten sie das Reisen selbst jedoch nicht beeinflussen und landeten in scheinbar zufällig ausgewählten Abschnitten. Von den Dinosauriern bis zum Jahr 4932 war alles dabei. (Genug für eine komplette Side-Story und drei weitere Bände mit dem Titel "Wohin ist die Kuh gereist? I. - III. feat. Einbert Alstein". Erscheint(e) voraussichtlich im Döner Verlag um ca. 1832. Leider wurde uns soeben mitgeteilt, dass die Side Storys der Kuh Emma unwiederbringlich bei einer Bücherverbrennung am Anfang des 19. Jahrhunderts vernichtet wurden.)

Als Rosetta Emma mit ihrem Wunsch an die Schnabeltiere aus ihrer Misere befreite, rettete sie damit zwar die Kuh aus der Gefangenschaft des endlosen Zeitreisens, verlor jedoch Einbert Alstein, der wohl noch immer zufällig und völlig machtlos durch Raum und Zeit reist, reiste, reisen sowie gereist sein wird. Ein wahrlich gerissener Gefährte.

Nachdem Emma ihre Geschichte beendet hatte, glühte Rosettas Schafschädel. Die Kuh hatte das Unmögliche möglich gemacht. Egal was, wie, wann, wo, weshalb, warum oder sonst - Alles war nun möglich. Dann ergriff die Kuh wieder das Wort: "Zum Glück hast du den Talisman gefunden, der dich zu den Schnabeltieren gebracht hat."

Rosetta fragte besorgt: "Du weißt von den Schnabeltieren?"

"Nur vom Hören.", fuhr Emma fort. "Sie sind die legendärsten aller Wesen im Universum. Ihr Wissensschatz ist gigantischer als das Universum selbst. Weil sie nicht im Universum selbst sind, sie sind kein Teil von dem allen hier. Sie haben die Macht alles zu tun was sie wollen, in jeder Dimension. Sie sind die wahren Schöpfer von ALLEM."

Rosetta schluckte.

"Ich habe den Talisman in der Hütte platziert, damit du ihn findest und wir die Schnabeltiere nach der alles entscheidenden Frage fragen können. Wenn einer weiß wer die Kuh isst, dann die Schnabeltiere.", erklärte Emma.

Rosetta schluckte erneut. "Weiß du.", stammelte sie.

"Sag mir nicht, dass du den Talisman nicht mehr hast?", rief Emma entsetzt.

"Nun."

"NEIN."

"Ich habe ihn doch nur umgelegt und dann war ich auf einmal weg.", erklärte das Schaf. "Und ich habe die Schnabeltiere schon getroffen und mir dich gewünscht. Das du jetzt hier bist, war mein Wunsch."

Emma schaute entsetzt.

"Man Rosetta ich hatte noch einen gut bei denen!", rief die Kuh. "Ich habe in der Zukunft einen Schnabeltiercoupon gefunden, der auch rückwirkend in der Vergangenheit vor seiner Erschaffung Gültigkeit besitzt. Du hättest mich einfach zu dir und den Schnabeltieren wünschen sollen, dann hätten wir die alles entscheidende Frage gestellt und wären glücklich und zufrieden in unter 70 Seiten mit diesem Buch durch gewesen."

"Da war es schon wieder!", rief Rosetta.

"Wo war was schon wieder?", fragte Emma.

"Was ist das immer? Dieses Buch? Stimmen aus dem Jenseits? Unbekannte Anrufer? Warum das alles?"

Emma schmunzelte: "Das Rosetta, ist unser Ticket zu den Schnabeltieren."

Das Viehnale

Rosetta hatte den Talisman nicht nur bereits verwendet, sondern gleichzeitig auch Emma von Einbert Alstein getrennt. Sie hatten nun weder Zugriff auf den enormen Wissensschatz des Kieselsteins, als auf die allwissenden Schnabeltiere. Die Lage schien aussichtslos.

"Was sollen wir denn jetzt machen?", fragte Rosetta, die seit einer ganzen Weile in einem Kuhfladen stand. Die Weide von Emmas Artgenossen war geradezu übersäht mit Landminen.

"Ich weiß es doch auch nicht", entgegnete Emma.

So standen sie auf der Wiese und blickten in den Himmel, voller Verzweiflung und mit der letzten Hoffnung auf ein übernatürliches Zeichen, das ihnen in ihrem Dilemma weiterhelfen würde. Doch es würde nur noch Schlimmer kommen.

Während den individualistischen Individuen auf der Suche nach Emma nichts zu schade war, um ihre alte Freundin endlich zu finden, vergaßen sie jedoch gleichzeitig einen alten Bekannten. Dackelpott, der geistige Führer der Pottgonen, war gerade dabei einem alten Geheimnis seines Volkes auf die Schliche zu kommen, das seit Jahrhunderten als Verschollen galt. Gemeinsam mit hunderten Forschern und einem Budget, dass keine Grenzen kannte, untersuchte er die Ahnengeschichte seines Volkes.

“Hier, mein Meister”, sprach ein Pottgone unterwürfig und überreichte Dackelpott ein Buch mit einem dicken Einband. In die Verzierungen des Bucheinbands waren Kakaobohnen eingearbeitet, die die Liebe der Pottgonen zu ihrer Schokolade widerspiegeln sollte.

“Vielen Dank, Dennis.”, entgegnete Dackelpott. “Nun wollen wir doch endlich herausfinden, auf was wir so lange schon gewartet haben.”

Auch wenn der Anführer der Pottgonen neben einem Dachschaden komplett verblendet war, so hatte er doch nie von seiner eigentlichen Mission abgesehen. Sein Ziel war es, die einzelnen Stämme der Pottgonen zu vereinen und sämtliche Schokolade im Universum abzutragen, damit niemand seines Volkes jemals wieder Hungern musste. Dackelpott schlug das Buch auf und fuhr mit seinem Finger über das staubige Papier des Inhaltsverzeichnisses. Er blätterte ein wenig hin und her, las den ein oder anderen Absatz, brauchte jedoch ein wenig bis er schließlich fand, wonach er suchte. Ihm stockte der Atem, seine Haut wurde blass und er musste sich setzen.

“Das kann nicht sein.”, stammelte er.

“Ist etwas nicht in Ordnung?”, fragte Dennis.

Dackelpott starrte nur entsetzt in die Luft. Dennis der Diener ging zu dem Buch und las dieselbe Seite, die Dackelpott vor wenigen Sekunden als letztes angeschaut hatte. In einem lauten Knall explodierte der Kopf des kleinen Pottgonen in tausende Stücke. Teile seines aufgrund des hohen Schokoladenanteils braun verfärbten Gehirns klebten an den Wänden und an Dackelpotts kompletten Körper. Dennoch dauerte es eine Weile, bis dieser gedanklich wieder zu sich kam. Erneut schaue er sich den Absatz des Buches an, der ihn mit Schrecken versetzte und soeben seinen alten Diener obsolet machte. In jenem Absatz stand:

“Seit Jahrhunderten leidet unser Volk an Hungersnot. Die Schokolade war das größte Geschenk, dass wir jemals erhielten. Doch wer konnte ahnen, dass dieses göttliche Geschenk so große Probleme nach sich ziehen würde? Wir konnten an den ersten Probanden, die auf eine rein schokoladenbasierte Ernährung umgestiegen sind, bei nahezu jedem Testsubjekt Diabetes feststellen. Wenn dies jemals an die Öffentlichkeit kommen sollte, wird unser Volk wieder hungern müssen. Das darf niemals geschehen.”, gezeichnet Großkaiser Chilicon Carne, der Erlöser der Pottgonen und erste geistige Führer ihres Volkes.

“Ich wurde gewählt um eine Mission zu erfüllen und ich werde mein Volk nicht im Stich lassen. Sie müssen erfahren, wie die Wahrheit wirklich aussieht.”

Es wurde langsam dunkel draußen und Emma und Rosetta wollten sich noch eine Nacht auf dem Bauernhof ausruhen, bevor sie sich auf den Nachhauseweg machten. Ohne eine Idee, wie sie Schnabeltiere hätten kontaktieren können, blieb ihnen nichts anders übrig als sich neu zu formieren und mit den anderen individualistischen Individuen zu beraten. Doch gerade als Emma ihr Auge zumachen wollte erschien ein gleißend heller Strahl am Himmel.

"Was zur Hölle ist das?", rief Emma entsetzt und riss ihre Schafsfreundin aus dem Halbschlaf.

"Ich will schlafen", stammelte Rosetta.

"Jetzt nicht, schau!", Emma deutete mit den Füßen in den Himmel. Aus dem gleißend hellen Strahl schienen Objekte auf die Erde herabzukommen, es schien sich hierbei um eine Art Portal zu handeln. Auch Rosetta war inzwischen wach genug, um von dem Spektakel Kenntnis zu nehmen. Doch Emma und Rosetta waren nicht die Einzigen, denen das neuartige Portal am Himmel auffiel. Der gleißend helle Strahl erhellte die Erde wie an einem wundervollen Sommertag, obwohl der Mond schon hoch am Himmel stand und die Sonne vor mehreren Stunden bereits untergegangen war. Durch seine Größe umfasste der Strahl mehr als ein Viertel der Erde und sein Licht erhellte nahezu die gesamte Landfläche des Planeten.

"Das ist gar nicht gut.", stellte Emma mit entsetztem Blick fest.

Auch die individualistischen Individuen nahmen von dem Palast aus alles wahr. Der helle Strahl erstreckte sich auch über ihre Hauptzentrale und zahlreiche Objekte vielen auch hier vom Himmel. Alle hatten sich auf dem Dach des Palastes versammelt um sich das Spektakel anzusehen.

"Ist das Ragnarök?", fragte Dimitri.

"Bist du jetzt vollkommen durchgeknallt?", erwiderte Tom.

"Jetzt ist nicht der Zeitpunkt für Albernheiten", sagte Mark. "Schaut doch!"

Tatsächlich kamen die Objekte aus dem Himmel immer näher, bis der Wissenschaftler erkennen konnte um was es sich hier handelt.

Mit entsetzter Mine schaute er all die individualistischen Individuen an, mit denen er die letzten Jahre seines Lebens und seiner Forschung verbracht hatte. Alle Forschungen an Stammzellen und Emma hatte ihn hierhin, in diesen Palast und zu dieser wahnsinnigen Truppe verschlagen. Dennoch bereute er keinen einzigen Augenblick, als er den individualistischen Individuen, die seine Freunde geworden waren, in die Augen schaute: "Das ist wirklich das Ende."

Durch die viehrte Wand

Der Himmel verdunkelte sich immer weiter und brachte nur noch Entsetzen über Emma und Rosetta.

"Was sollen wir nur tun?", fragte das Schaf. Emma starrte weiter in Richtung Himmel ohne die Frage zu beantworten. Die zunächst als Objekte falsch eingeschätzten Dinge am Himmel stellten sich als eine enorme Menge an fliegenden Untertassen heraus, die nur Eines bedeuten konnten: Unterjochung der Erde. Emma wurde plötzlich klar, wer hier die Fäden in der Hand hielt.

"Es ist an der Zeit, diese Scheiße hier ein für alle Mal richtig zu stellen!", schrie Dackelpott hochenergisch aus dem Cockpit seiner fliegenden Untertasse, während er die Scheibe vollspuckte und seine Armee auf sein Signal wartete. Der geistige Führer hatte nach seiner Erkenntnis über die Schokoladenlüge einen Krieg ausgerufen, um die restlichen Lebensmittel des Universums zu sichern und für die Pottgonen zu beanspruchen. Zulange hatten sie von Schokolade gelebt und wollten nun endlich etwas Nahrhaftes zwischen die Finger bekommen. Durch seine

Volksansprache, kurz nachdem er den schauerlichen Absatz in jenem Buch entdeckt hatte, schloss sich die eine Hälfte der Pottgonen für einen erbitterten Krieg dem geistigen Führer an, während der anderen Hälfte der Kopf platzte. Wie Dennis, waren die restlichen Pottgonen einfach nicht psychisch stabil genug, um einer solchen Wahrheit ins Gesicht zu schauen.

“Jahrelange Unterdrückung und Verarsche haben jetzt ein Ende!”, rief der geistige Führer der Pottgonen weiter, während er sich mit seiner Freisprechanlage an seine Armee wandte. Die Raumschiffe seiner Gefolgschaft hupten und gaben ihm Lichtsignale mit ihren Scheinwerfern.

“Lasst euch gesagt sein, dass wir endlich das bekommen werden, was uns zusteht und niemand wird uns daran hindern können!”

Wieder Hupen und Lichtsignale. Die Menge tobte.

“Auf in die Schlacht!”, schrie Dackelpott inbrünstig während er die Laser seiner fliegenden Untertasse auflud um die Erde in einen Haufen Schrott zu verwandeln. Die Pottgonen taten es ihm gleich und begannen mit dem Angriff.

Auf der Erde bebte es. An jeder Ecke flogen Lasergeschosse aus dem Himmel und zerstörten mit nur einem Schuss ganze Häuser in gigantischen Explosionen. Die Massenhysterie trieb Mensch und Tier durcheinander und schon bald hatte jeder den Überblick verloren. Sogar die Militärstreitkräfte der größten Länder versuchten vergebens etwas gegen die Außerirdischen anzurichten, doch vergebens. Ihre Schokoladenlaserwaffen waren einfach zu stark für herkömmlichen Stahl.

"Emma wir brauchen eine Idee!", rief Rosetta, während das Schaf auf dem Rücken der Kuh saß und Emma so schnell wie noch nie über die Weide peitschte.

"Ich.... geb... mir.... Müh...e", stotterte Emma, während sie nach Luft rang.

"Lass uns etwas Fliegendes besorgen und Dackelpott direkt angreifen.", rief das Schaf.

In gar nicht allzu weiter Ferne sah Emma eine abgestürzte Untertasse liegen, die noch nicht wie ein Totalschaden aussah. "Lass es uns damit probieren", rief sie dem Schaf zu, während sie in die Richtung des abgestürzten Flugobjekts deutete. Emma rannte so schnell sie konnte, nutzte ihre Blähungen um einen zusätzlichen Boost zu bekommen. Rosetta klammerte sich mit aller Kraft am Rücken der Kuh fest und bedauerte, dass sie keine Hand mehr frei hatte um sich die Nase zu zuhalten. Die Untertasse rückte in greifbare Nähe, als plötzlich ein Laserstrahl genau vor ihnen einschlug und die Untertasse zerstörte.

"NEEEEEEIIIIN", schrie Emma entsetzt, während sie gerade noch bremsen konnte, um nicht in die Explosion zu laufen. Rosetta wurde durch die Druckwelle einige Meter zurückgeschleudert und brauchte einen Moment um sich aufzurappeln. Noch bevor einer der beiden wieder klar denken konnte, lichtete sich der Rauch der Explosion durch eine wohlgesonnene Windböe. Zum Vorschein, kam jedoch nur Schlimmeres.

"Das ist nicht dein Ernst!", rief Emma wutentbrannt, das Gesicht verzerrt vor Schmerz. Splitter der Explosion hatten sich in ihre ledrige Haut gebohrt. Aus dem Nebel trat eine Gestalt vor, die Emma nur zu gut kannte. In einem dunklen Umhang gehüllt und bewaffnet bis an die Zähne, stand Dackelpott, der geistige Führer der Pottgonen. Neben den verschiedensten Blastern, Wurfmessern und Granaten hatte er vor allem eine Waffe, die der Kuh das Leben zur Hölle machen würde: Ein Laserschwert.

"Du bist nicht mein Vater!", schrie Emma entsetzt.

"Widersetz dich mir nicht, du blödes Kalb!", fuhr Dackelpott sie an. "Du bist auch nicht besser als die anderen. All eure, wie nennt ihr euch doch gleich? Individualistischen Individuen? Ihr macht mich krank mit eurem Rettungswahn!"

"Warum das alles? Waren wir nicht mal befreundet?", fragte Emma verzweifelt.

"Pah, Freundschaft", war die Antwort. Dackelpott fuhr fort: "Wir haben Jahrhunderte in vollkommener Schokoladenfinsternis gelebt und nichts anderes gegessen. Unser ganzes Volk hätte wesentlich größer sein können, wenn wir nicht alle mit knapp 40 Jahren an Diabetes sterben würden. Aber damit ist jetzt Schluss! Wir holen uns das Essen der Erde und sorgen dafür, dass es uns niemand wieder wegnehmen kann! Hahahahahahhaahah."

“Du musst das nicht tun, Dackelpott!”, versuchte Emma an ihn zu appellieren, während sie sich aufrappelte und ihm gegenüberstellte.

“Das ist eine ganz schlechte Idee!”, riet er ihr.

“Du hast auf der Erde nichts verloren!”, fauchte die Kuh.

“Stell dich mir nicht in den Weg.”

“Komm her und zeig einer Kuh, was du draufhast.”

Dackelpott aktivierte sein Laserschwert, woraufhin Emma ihre Sinne schärfte und sich für den Kampf bereit machte.

Mit einem gewaltigen Sprung stieg Dackelpott in die Luft empor, um mit einem ebenso beeindruckenden Fall einen Angriff mit seinem Laserschwert durchzuführen. Emma konnte gerade noch ausweichen, wobei der geistige Führer der Pottgonen sie noch an ihrem linken Horn erwischte und die Spitze abschnitt. Emma wurde stinksauer.

“Das hast du nicht getan!”

“Komm doch her du blöde Kuh!”

Emma nahm Anlauf und rannte auf Dackelpott zu, beschleunigte immer mehr und neigte ihren Kopf, um mit den Hörnern einen fatalen Angriff durchzuführen. Plötzlich hielt Dackelpott ein rotes Tuch in die Luft und wedelte damit umher. Emma war plötzlich vollkommen verwirrt und rannte auf das Tuch anstelle von Dackelpott zu, verfing sich in seinen Leinen während Dackelpott eine Schnur herumband und so ihren Kopf gänzlich abdunkelte.

“Wo bin ich?!”, rief Emma voller Angst und blind. Sie sah nur noch die Dunkelheit.

“Gleich an einem besseren Ort”, stachelte Dackelpott sie an. Emma lief es kalt den Rücken herunter, mit der festen Überzeugung, dass es hier für sie enden würde. Sie spürte die Wärme des Laserschwertes, das ihrem Fleisch immer näherkam und die Kuh für immer von dieser Welt und ihren ach so wichtigen Fragen trennen würde. Am Ende schien die Frage “Wer isst die Kuh?” gar nicht mehr so wichtig. Plötzlich aus dem Nichts sprang Rosetta aus der Deckung direkt in Dackelpotts Gesicht und biss ihm die Nase ab.

“Hey was soll das?!”, rief dieser sichtlich verwirrt.

Rosetta nutzte den Moment der Ablenkung, sprang Emma zur Seite und zog mit ihrem Mund das Tuch vom Kopf. Emma konnte wieder sehen und nickte dem Schaf dankbar zu. Gemeinsam standen sie nun Dackelpott gegenüber, der sein Laserschwert für einen weiteren Angriff erhob.

Emma war sichtlich mitgenommen von Dackelpotts Attacken und Rosettas Fell hatte sich durch ihren letzten Angriff rot mit dem Blut ihres Gegners gefärbt.

“Es wird Zeit, dass ich euch und eure ganze Sippe endlich auslösche. Es reicht mir mit diesen individualistischen Individuen und diesem blöden Buch!”, rief der Pottgone, als er zum Angriff ansetzte.

“Buch?”, fragte Emma und schaute Rosetta fragend an.

“Ich habe auch keine Ahnung.”, erwiderte das Schaf. Doch jetzt war keine Zeit für solche Diskussionen. Dackelpott sprang gerade mit seinem Lichtschwert auf die beiden Freunde zu, die es gerade noch schafften zur Seite auszuweichen. Doch Dackelpott hatte das Ausweichmanöver bereits einberechnet und nutzte seinen Schwung für eine volle Drehung, durch die er Rosetta im Sprung erwischte und ihr beide Hinterbeine vom Leib schnitt.

“Ahhhhrhhhhghhghghhghhg”, schrie das Schaf vor Schmerz und sackte auf der Weide zusammen, während ihre Beine noch einige Meter in die Ferne flogen.

“ROSETTA”, kreischte die Kuh entsetzt und schaute Dackelpott wütend an, während sie sich für einen weiteren Angriff bereit machte.

“Erledige ihn...”, stöhnte Rosetta, die durch den Blutverlust anfing das Bewusstsein zu verlieren. Emma rannte auf Dackelpott hinzu, der ihr auszuweichen versuchte, jedoch in einem Kuhfladen ausrutschte und sein Laserschwert fallen ließ. Die Kuh trat drauf und zerstörte es mit ihrem Gewicht. “Wollen wir doch mal sehen, ob du ohne dieses Ding genauso stark bist.”

Dackelpott rollte sich aus dem Kuhfladen raus, richtete sich aus und griff direkt an seinen Gürtel mit 24 Wurfmessern. Er grinste ein letzte Mal, dann Schritt er zur Tat: In einer einzigen und nur fünf Sekunden dauernden Bewegung griff er nach jedem der 24 Wurfmesser, zog sie aus der Scheide und warf sie auf Emma. Die Kuh parierte die ersten vier ohne Probleme, wurde dann jedoch in ihrem Oberschenkel getroffen, woraufhin sie den restlichen Wurfmessern nicht mehr ausweichen konnte. Getroffen von 20 Messern, die sich über ihren ganzen Körper verteilten, sackte sie in sich zusammen.

"Ihr hättet mir besser aus dem Weg gehen sollen", stellte Dackelpott fest. "Nun müsst ihr beide sterben." Er zückte ein kleines Notfalllaserschwert aus seinem Umhang, aktivierte die Klinge und setzte sie an Emmas Hals an. "Hast du noch irgendwelche letzten ...", er konnte den Satz nicht zu Ende bringen, als plötzlich ein gleißender Lichtstrahl, noch heller als das Portal der Pottgonen, sich am Himmel auftat und das wohlige Licht Emma, Rosetta und Dackelpott umschling. "Was zur Hölle?", fragte dieser verwirrt. Auch Emma und Rosetta, die gerade noch so bei Bewusstsein waren, sich aber geschlagen geben mussten, hatten so etwas noch nie erlebt. Der Strahl aus dem Himmel wurde immer breiter und lähmte alles in seinem Schein. Dackelpott konnte sich nicht mehr bewegen und die Blutungen von Emma und Rosetta schienen für einen kurzen Moment aufzuhören.

"Was geschieht hier?", fragte Emma mit letzter Kraft.

Dackelpott schaute ihr entsetzt in die Augen, während er versuchte mit seinem Laserschwert ihren Kopf abzutrennen, sein Arm sich jedoch keinen Millimeter mehr bewegte. Eine menschliche Hand mit einem Radiergummi zwischen Daumen und Zeigefinger erschien aus dem Himmel und bewegte sich rasant auf die drei Duellanten hinzu. Diese trauten ihren Augen nicht, konnten jedoch nichts dagegen unternehmen und mussten es einfach über sich ergehen lassen. Die Hand mit dem Radiergummi kam immer näher, während Rosetta etwas auf der Hand zu erkennen glaubte. Ganz oben, auf dem Handrücken, saß jemand, den sie nur zu gut kannte.

"Emma! Da! Auf der Hand!", schrie sie mit letzter Kraft und verzerrter Stimme, um die Aufmerksam der Kuh auf das Entdeckte zu lenken.

"Ist das?!", fragte Emma ohne den Satz zu beenden.

"Reginald!", stellte das Schaf mit Stolz fest.

Die Hand bewegte sich rasant auf Dackelpott zu, während Reginald sie zu reiten schien wie ein Drache.

"Nehmt das ihr hässlichen Pimmelnasen!", schrie Reginald mit einem breiten Grinsen. "F*ckt euch ins Knie ihr minderbemittelten Pottgonen!".

Die Hand krachte mit voller Inbrunst und dem blauen Ende des Radiergummis auf Dackelpott ein, der nicht einmal mehr zu Schreien vermochte, ehe er innerhalb weniger Handstriche gänzlich aus dieser Welt ausradiert wurde. Die Hand packte den Radiergummi beiseite und legte sich schützend über Emma und Rosetta und heilte, wie durch ein Wunder, deren Verletzungen. Sogar Rosettas Beine flogen wie durch Zauberhand durch die Luft und verbanden sich mit ihrem Körper.

"Reginald!", rief Rosetta als sich der Schmerz legte und das Licht mitsamt der Hand wieder verschwand. "Wie sollen wir dir jemals danken?".

“Dankt nicht mir, sondern den Schnabeltieren.”, entgegnete Reginald seiner Anführerin. “Sie haben den Autor gerufen.”

Epilog

Die fliegenden Untertassen der Pottgonen aus dem Himmel drehten um, als sie feststellten, dass ihr geistiger Führer ausradiert wurde und begaben sich zurück auf ihren Planeten, wo sie sich eine heiße Schokolade machten und zu ihrem ursprünglichen Leben in Verleumdung zurückkehrten. Jeder einzelne von ihnen war sich sicher, dass das mysteriöse Buch, das ihr geistiger Führer gelesen hatte, verbrannt werden musste und dass niemals in der Zukunft auch nur eine Generation davon erfahren durfte.

Reginald und die individualistischen Individuen hatten Kontakt zu den Schnabeltieren aufgenommen und sie um einen Schutz für ihre beiden Anführer gebeten, woraufhin SchnabelThomas und Schnabelbärbel zustimmten, da sie Emma wirklich mochten. Gemeinsam nutzten sie alle Kräfte, die Ihnen als mächtigste und allwissende Wesen des Universums zur Verfügung standen, um Kontakt mit dem Autor aufzunehmen und die Schlacht zwischen den Pottgonen und der Erde zu beenden. Der Autor sah natürlich nicht gerne, wie der geistige Führer der

Pottgonen mit seinen Protagonisten umging und griff kurzerhand selbst in das Geschehen ein.

Emma und die restlichen individualistischen Individuen feierten eine große Party und sollten noch lange an jenen Abend denken, an denen nicht nur der Krieg gegen die Pottgonen entschieden wurde, sondern der Autor ihnen auch die Antwort auf die alles entscheidende Frage "Wer isst die Kuh?" beantwortete. Trotz ihrer gebündelten Intelligenz war keines der Individuen dazu in der Lage gewesen, die Frage zu beantworten, sie wunderten sich jedoch nicht über die Antwort, die sie von ihrem Autor erhalten hatten. Glücklich und zufrieden, mit allen Antworten auf die Frage nach dem Leben, dem Universum, dem Tod und wer die Kuh nun esse, machten sich die individualistischen Individuen im Palast einen schönen Abend, tranken leckere Getränke und aßen leckere Gerichte an einer riesigen Tafel. Gelächter und Heiterkeit erfüllten die Nacht und alle waren froh, ein Teil dieser Geschichte gewesen zu sein.

Danksagung

Danke

Printed in Poland
by Amazon Fulfillment
Poland Sp. z o.o., Wrocław

28114158R00045